JN180429

おにぼう

くすのき しげのり 作　伊藤 秀男 絵

むかし、「おにぼう」という
鬼《おに》の子《こ》が　おりました。

母鬼《ははおに》とおにぼうは、山《やま》のなかで、しずかにくらしておりました。

母鬼《ははおに》は、おにぼうのことを、なによりもだいじに思《おも》っておりましたし、おにぼうも、母鬼《ははおに》がいれば、さびしいことなどありませんでした。

その日《ひ》も　母鬼《ははおに》は、いつものように、
ふたりが食《た》べるだけの　木《き》の実《み》やら
山菜《さんさい》やらを、とりに出《で》かけました。

母鬼《ははおに》が出《で》かけて、しばらくたったときです。

ターーン

とつぜん　大《おお》きな音《おと》が、ひびきました。

母鬼《ははおに》が　出《で》かけたほうからです。

「母《かあ》ちゃん！」

おにぼうは、草《くさ》をかきわけながら、とぶように走《はし》りました。

「おにぼう！」

「母《かあ》ちゃん！」

たいへんです。
おにぼうが　かけよって見《み》ると、　母鬼《ははおに》の足《あし》から、　まっ赤《か》な血《ち》が
あふれているではありませんか。

「母《かあ》ちゃん、どうした！」
母鬼《ははおに》の体《からだ》を　ささえながら、
今《いま》にもなきだしそうな顔《かお》で、
おにぼうが　たずねました。
「鉄砲《てっぽう》の玉《たま》に、あたったんだよ」
「人間《にんげん》かい、村《むら》の人間《にんげん》が
うったのかい？」

「きっと、シカかなにかと
まちがえて、うったんだろうさ。
なあに、だいじょうぶ、心配《しんぱい》ないよ……」
そういって、母鬼《ははおに》は、むりにほほえむと、
その場《ば》にドサリと　たおれてしまいました。

「母《かあ》ちゃん、母《かあ》ちゃん、しっかり」
おにぼうは、細《ほそ》いかずらで
母鬼《ははおに》の足《あし》をしばって　血《ち》どめをしました。
「むーん！」
なんと、小《ちい》さなおにぼうが、
大《おお》きな母鬼《ははおに》を　せおいました。

そして、おにぼうは、
ぐったりとした母鬼《ははおに》を
一人《ひとり》ですみかまで
はこんだのでした。

おにぼうは、きずぐちに当《あ》てる
よもぎの葉《は》をとってくるやら、
谷川《たにがわ》のつめたい水《みず》をくんでくるやら、
火《ひ》をおこすやらと、夜《よる》もねむらずに
母鬼《ははおに》の手《て》あてをしました。

ところが、おにぼうのねがいとは反対《はんたい》に、一日二日《いちにちふつか》と　日《ひ》がたつにつれて、母鬼《ははおに》の具合《ぐあい》は、しだいに悪《わる》くなっていきました。
「母《かあ》ちゃん、母《かあ》ちゃん、しっかりしておくれよ。ちくしょう、ちくしょう、人間《にんげん》め」
おにぼうは、目《め》になみだをためて、母鬼《ははおに》をうった人間《にんげん》をうらみました。

「ハァハァハァ」
母鬼《ははおに》は、みじかい息《いき》をしながら
おにぼうの手《て》を　にぎりました。

「おにぼう、今度《こんど》のことは、きっと、まちがえてうったのさ。
だから、だから、人間《にんげん》をうらんでは　いけないよ。
人間《にんげん》は、みんな　わたしたちのすがたにおどろいて
にげていくし、かってに　鬼《おに》は悪《わる》い、鬼《おに》はこわいと
決《き》めて、近《ちか》づこうとはしない。
でもね、母《かあ》ちゃんは、人間《にんげん》と　なかよくしたかったなあ。
いいかい、おにぼう。もし、人間《にんげん》にあったら、だれにでも
やさしくするんだよ。どんなときも、けっして　らんぼうを
しちゃいけないよ。そうすれば、きっといつか、人間《にんげん》とも
なかよくなれる日《ひ》が　くるに…ちがい……ないから………
」

そういった母鬼《ははおに》の手《て》から、ふっと力《ちから》がなくなりました。

「母《かあ》ちゃん。母《かあ》ちゃーん」

おにぼうは、一人《ひとり》ぼっちになりました。

おにぼうは、よく母鬼《ははおに》ときた、見《み》はらしのよい　山《やま》のがけに母鬼《ははおに》の墓《はか》をつくると、大《おお》きな大《おお》きな岩《いわ》を動《うご》かしてきました。

おにぼうは、その岩《いわ》に　やさしい母鬼《ははおに》のすがたをほりました。

それから、おにぼうは、くる日《ひ》もくる日《ひ》も　小《ちい》さな赤《あか》いゆりの花《はな》をとってきては、母鬼《ははおに》の墓《はか》のまわりに植《う》えました。

それは、山《やま》のおくだけにさいている　めずらしい花《はな》です。

――このゆりの花《はな》は、小《ちい》さくてかわいくて、まるで、おにぼうのようだね――

母鬼《ははおに》は、この花《はな》が大《だい》すきでした。

「母《かあ》ちゃん……。母《かあ》ちゃん……」

おにぼうは、ゆりの花《はな》を植《う》えながら、やさしかった母鬼《ははおに》のことを思《おも》いだし、いく日《にち》たっても　なみだがとまりませんでした。

そんなある日《ひ》のことです。
ふもとから
ふき上《あ》げてくる風《かぜ》に乗《の》って、
村《むら》のほうから　かすかに声《こえ》が
聞《き》こえてきました。
おにぼうは、がけから
体《からだ》を乗《の》りだすと、
しばらく耳《みみ》を
すましておりました。

「子《こ》どもだ。人間《にんげん》の子《こ》どもの
声《こえ》だぞ。どんな子《こ》どもが
いるのかな。
なんだか楽《たの》しそうだなあ。
人間《にんげん》の子《こ》どもは、
なにをしてるんだろう」
一人《ひとり》ぼっちのおにぼうは、
子《こ》どもたちの声《こえ》をたよりに、
生《う》まれてはじめて
山《やま》をおりてみました。

おにぼうが、　おそるおそる　山《やま》をおりてみると、
山《やま》のふもとの　ほこらの前《まえ》で、
村《むら》の子《こ》どもたちが　遊《あそ》んでおりました。
「かごめ　かごめ、かごのなかの鳥《とり》は、
いついつ出《で》やる……」
おにぼうは、　しばらく　木《き》のかげから
そっと見《み》ていましたが、子《こ》どもたちの様子《ようす》が
あまりに楽《たの》しそうなので、
とうとう　顔《かお》を出《だ》してしまいました。

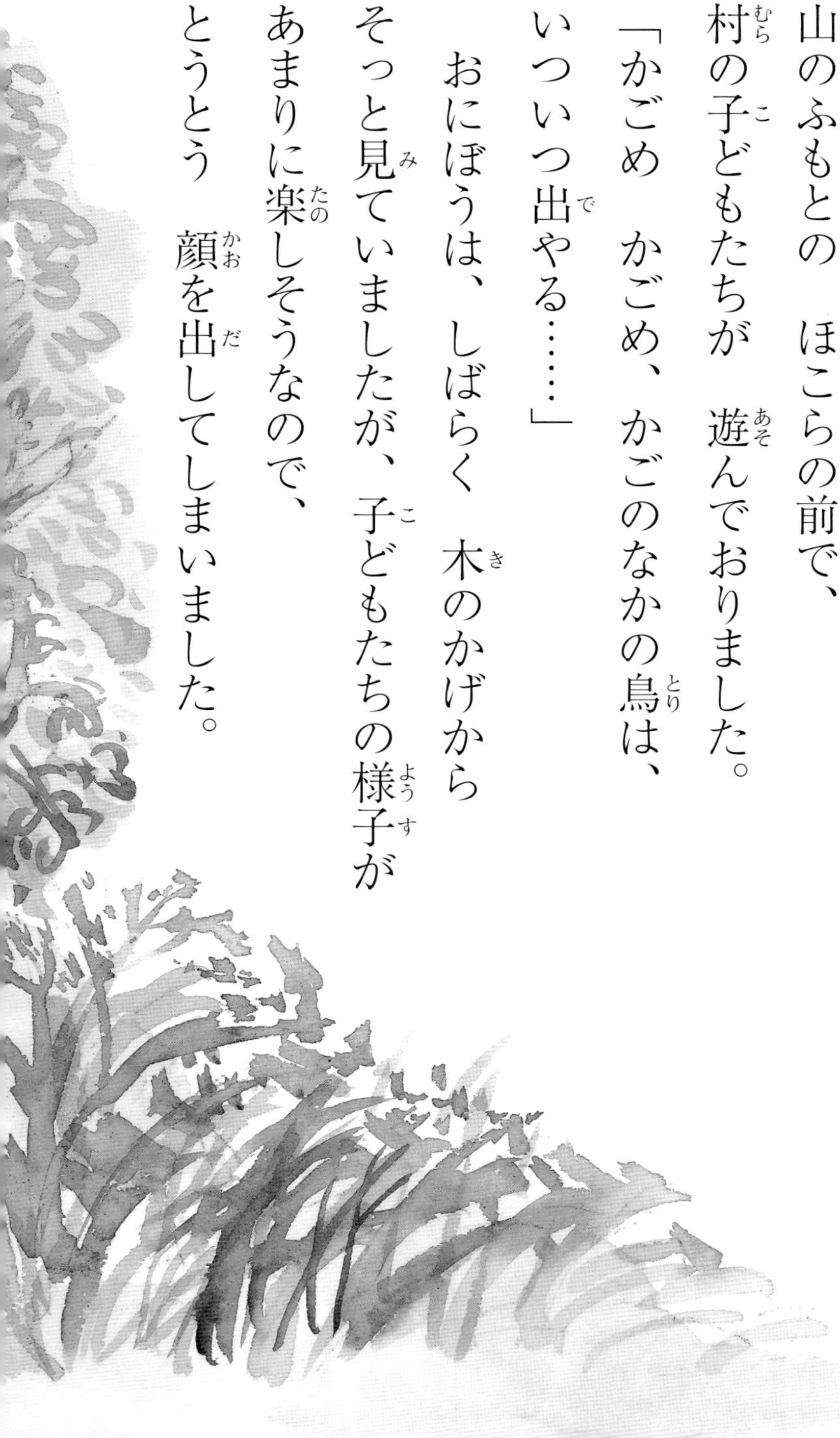

「ねえ、おいらも　なかまに入《い》れておくれよ」

「わあっ、鬼《おに》だぁ！」


にげようとしましたが、おどろいたみんなは、こしがぬけて動《うご》けません。

「お、お、お、おめえは、本物《ほんもの》の鬼《おに》か！」

いちばん体《からだ》の大《おお》きな男《おとこ》の子《こ》が、声《こえ》をふるわせながら　たずねました。

「うん、そうだよ」

「鬼《おに》は、人間《にんげん》をとって食《く》うんだろ」

「おいら、人間《にんげん》なんか食《く》わないよ」

「山《やま》には、大《おお》きな鬼《おに》が　いるんだろ」

みんなも、おそるおそる　たずねました。

「いないよ……。母《かあ》ちゃんが　死《し》んで、
おいら　一人《ひとり》ぼっちなんだ。ねえ、おいらも
なかまに入《い》れておくれよ」

さびしそうな　おにぼうの
様子《ようす》に、子《こ》どもたちは
顔《かお》をよせて　相談《そうだん》しました。
よく見《み》ると、おにぼうは
そこにいるだれよりも
小《ちい》さな体《からだ》をしています。
「おまえ、悪《わる》さはしねえか」
「ぜったいしねえ、やくそく
するよ」

「名前《なまえ》は、なんていうんだ」

「おいらは、おにぼう！」

「……みんな、どうする。

なかまに入《い》れてやるか？」

「うん、そうだな」

「一人《ひとり》ぼっちだもんな」

「よし、それじゃあ、
なかまに入《い》れてやるか」

「でも、大人《おとな》が、おとうたちが、
なんていうか……」
庄屋《しょうや》のむすめのおみよが、
心配《しんぱい》そうにいいました。
「そうだなぁ……。なら、このことは、
大人《おとな》たちには　ないしょにしておこう。
いいな」
「うん」
みんなが、うなずきました。

それから　おにぼうと村《むら》の子《こ》どもたちは、
毎日《まいにち》日《ひ》がくれるまで、山《やま》に入《はい》って
遊《あそ》びました。

おにぼうは、村《むら》の人《ひと》が知《し》らない
山道《やまみち》を　みんなに教《おし》えてあげました。

おにぼうは、岩《いわ》かげのつめたい
わき水《みず》を　みんなに飲《の》ませて
あげました。
おにぼうは、とびきりおいしい
木《き》の実《み》を　みんなにわけて
あげました。

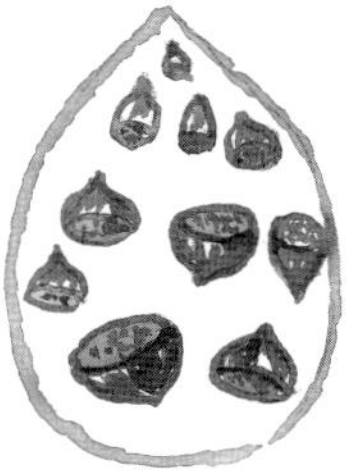

みんなは、そんなおにぼうが
大《だい》すきでした。
おにぼうは、もう一人《ひとり》ぼっちでは　ありませんでした。

そんな　ある日《ひ》のことです。
「みんな、今日《きょう》も　山《やま》に行《い》ってみよう。
おいらの　とっておきの場所《ばしょ》に
つれていってあげるから」
「わーい」
「行《い》こう、行《い》こう」
おにぼうのことばに、みんなも
よろこんで、山《やま》へ入《はい》って
いきました。

ところが、たまたま　通《とお》りかかった
村《むら》の男《おとこ》が、その様子《ようす》を見《み》ておりました。

おどろいた男《おとこ》は、　あわてて
庄屋《しょうや》のやしきに　かけこみました。
「しょ、庄屋《しょうや》さま、庄屋《しょうや》さま、
た、たいへんでございます！」
「いったい　なにごとじゃ、
そうぞうしい」
ひげをなでながら、庄屋《しょうや》が
出《で》てきました。
「しょしょ、庄屋《しょうや》さま。鬼《おに》の子《こ》が、
鬼《おに》の子《こ》が、子《こ》どもらをつれて

山《やま》へ入《はい》ってしもうた！」
「な、な、なんじゃと、
うちの　おみよも
いっしょか」
「へえ」

「な、な、な、なんということを！」

庄屋《しょうや》の顔《かお》から、みるみる血《ち》の気《け》がうせました。

「今《いま》すぐ　村《むら》の者《もの》を集《あつ》めろ。山《やま》がりじゃ、山《やま》がりじゃーっ！」

「へいっ！」

男《おとこ》は、はじかれたように、かけだしていきました。

しばらくすると、ねじりはちまきをして、
手《て》に手《て》に、くわだの　ぼうだのを持《も》った
男《おとこ》たちや、心配顔《しんぱいがお》の女《おんな》たちが
庄屋《しょうや》のやしきに　集《あつ》まってきました。
「鬼《おに》の子《こ》が、子《こ》どもたちを
さらったって！」
「とんでもねえことじゃ」
「もう、食《く》われたかもしれんのう」
「なにを　えんぎでもねえことを。
それより、はよう行《い》こうぞ」

「しかし、親鬼《おやおに》が出《で》たら　どうする」
みんなは、顔《かお》を見《み》あわせました。
「だいじょうぶじゃ、親鬼《おやおに》も、
こいつをくらって　にげていったわい。
今度《こんど》のことは、きっと
そのしかえしにちがいない」
そういいながら、庄屋《しょうや》は、
わきにかかえた火《ひ》なわじゅうの、
黒光《くろびか》りするつつ先《さき》を　なでました。

「なるほど、そういうわけか。しかし、庄屋《しょうや》さまの鉄砲《てっぽう》があれば心強《こころづよ》い。なあ、みんな」

「そうじゃ　そうじゃ」

「ようし、用意《ようい》は　ええか。鬼《おに》を見《み》つけたら、ようしゃは　いらんぞ。みんなで鬼《おに》たいじじゃ」

「鬼《おに》たいじじゃ！」

庄屋《しょうや》たちは、いさましい声《こえ》を上《あ》げると、急《いそ》いで山《やま》へむかいました。

「いたぞぉーっ」
先頭《せんとう》の男《おとこ》が、がけの上《うえ》の大《おお》きな岩《いわ》の
そばで遊《あそ》ぶ、おにぼうと
子《こ》どもたちを見《み》つけました。
「子《こ》どもたちが、いたぞぉーっ」
その声《こえ》に、手《て》わけをして子《こ》どもたちを
さがしていた大人《おとな》たちが、がけの上《うえ》に
集《あつ》まってきました。

「はやく、こっちへこい！」
がけの上《うえ》につくなり、庄屋《しょうや》たちは、
もぎとるように、子《こ》どもたちを
おにぼうから引《ひ》きはなしました。
「この鬼《おに》め、悪《わる》さをしおってからに」
まゆをつりあげて、庄屋《しょうや》が　いいました。
「とうさま、おにぼうは、悪《わる》さなんか
しておらんよ」
おみよは、庄屋《しょうや》の着物《きもの》のそでを
引《ひ》きながら　いいました。

「なにが　おにぼうじゃ、こいつは　鬼《おに》じゃぞ。
本物《ほんもの》の鬼《おに》なんじゃぞ！
見《み》てみろ、こいつの頭《あたま》には　角《つの》があるではないか。口《くち》には
きばがあるではないか。そのうえ体《からだ》は　まっ赤《か》ではないか」
おにぼうの顔《かお》が、ギッと　こわばりました。

「でも、おにぼうは、山《やま》のことは
なんでも知《し》ってて、
教《おし》えてくれるんだ」
「おまけに、おにぼうは　ものすごい
力《ちから》持《も》ちなんだぞ。この岩《いわ》だって
一人《ひとり》で動《うご》かしたんだぞ」
「それに、おにぼうは、友《とも》だちだ。
いいやつなんじゃ！」
子《こ》どもたちは、口《くち》ぐちに
いいました。

「いい鬼《おに》などおるものか。きっと悪《わる》さをするつもりだったにちがいない」
「おいら、悪《わる》さなんかしねえ!」
「いいや、鬼《おに》は　悪《わる》さをするって、むかしから　決《き》まったもんだ」

「でも、おにぼうは、わたしたちに　やさしくしてくれたよ」

「鬼《おに》に　やさしい心《こころ》などあるものか。ふん、どうせ少《すこ》しばかり
やさしくしておいて、そのうち、みんな　食《く》ってしまうつもり
だったんじゃろう」

「なんてこと　いうんだ。おいらは　人間《にんげん》を食《く》ったりしねえ！」

おにぼうは、まっすぐに庄屋《しょうや》の目《め》を見《み》ると、いいました。

「ええい、だまれ　鬼《おに》め！」

庄屋《しょうや》は、手《て》に持《も》った鉄砲《てっぽう》で、おにぼうを　つきたおしました。

「うわっ、おいらが　なにをした」

「とうさま、やめて。おにぼうは、一人《ひとり》ぼっちなんじゃ」

「やめろ　やめろ」
おみよも　子《こ》どもたちも、庄屋《しょうや》に
すがってとめようとしました。

「じゃまだ　じゃまだ。子《こ》どもらは　どいておれ。みんな、えんりょはいらん。鬼《おに》たいじじゃ。ぞんぶんに　こらしめてやれ」

「へぃ！」

なんとまあ、大人《おとな》たちは、あたりにさいている小《ちい》さな赤《あか》いゆりの花《はな》を、ふみあらしながら、よってたかって、おにぼうを打《う》ちすえました。

しかし、おにぼうは、土《つち》の上《うえ》にふせたまま、じっと　がまんをしました。

「ええか、二度《にど》と村《むら》におりて
くるな。わかったか」
「ふん、鬼《おに》のくせに」
「みのほど知《し》らずめが」
「鬼《おに》たいじも、これくらいで
ええじゃろう。さあ、帰《かえ》るぞ」
　さんざんに　おにぼうを
打《う》ちすえた庄屋《しょうや》たちは、
子《こ》どもたちをつれて
山《やま》をおりていきました。

「おにぼう、おにぼう！」

おみよは、なきながら、庄屋《しょうや》にかかえられていきました。

「いやだ、いやだ」

「おにぼうが、かわいそうだ」

ほかの子《こ》どもたちも、みんな大人《おとな》たちに引《ひ》きずられながら山《やま》をおりていきました。

おにぼうは、ふみあらされた　小《ちい》さな赤《あか》い
ゆりの花《はな》を、なきながら一《ひと》つ一《ひと》つ植《う》えなおしました。
おにぼうは、また一人《ひとり》ぼっちになりました。

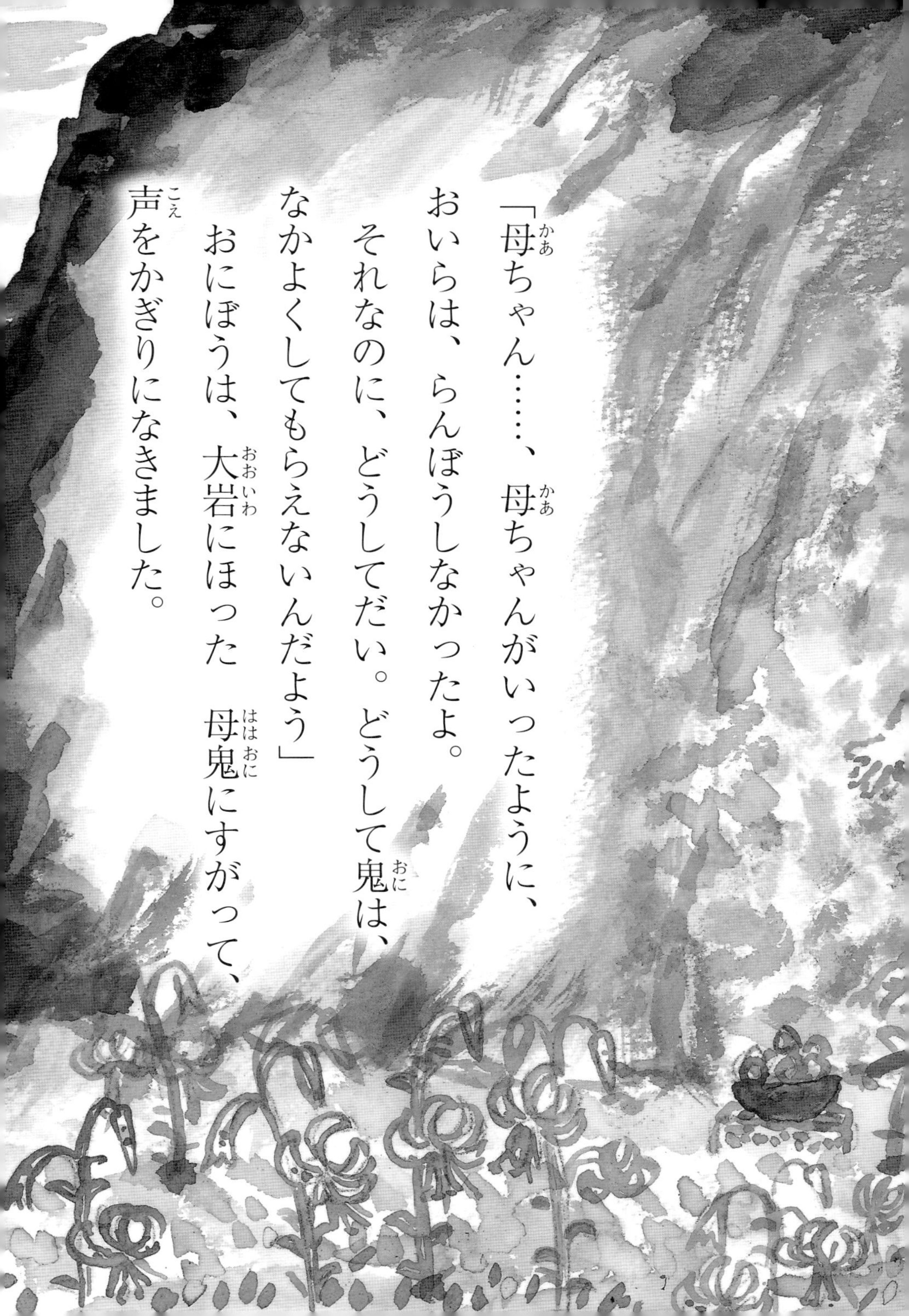

「母《かあ》ちゃん……、母《かあ》ちゃんがいったように、
おいらは、らんぼうしなかったよ。
それなのに、どうしてだい。どうして鬼《おに》は、
なかよくしてもらえないんだよう」
おにぼうは、大岩《おおいわ》にほった　母鬼《ははおに》にすがって、
声《こえ》をかぎりになきました。

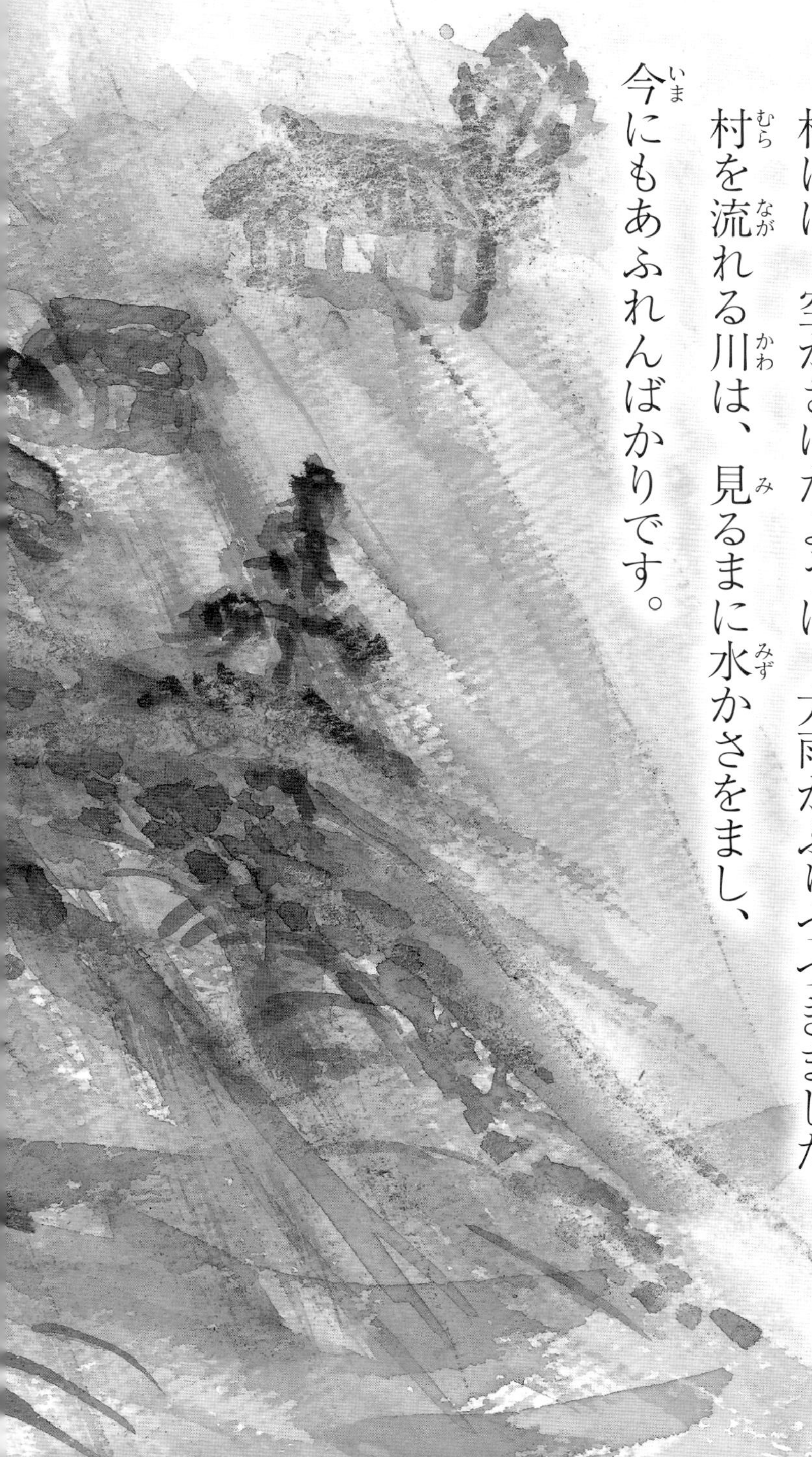

それから、いく日《にち》かたちました。
村《むら》には、空《そら》がさけたように　大雨《おおあめ》がふりつづきました。
村《むら》を流《なが》れる川《かわ》は、見《み》るまに水《みず》かさをまし、
今《いま》にもあふれんばかりです。

村人《むらびと》たちは、庄屋《しょうや》のやしきに集《あつ》まって、
相談《そうだん》をしました。
「どうしたものじゃろうか。このままでは、
土手《どて》をこえた水《みず》に、田《た》や畑《はたけ》どころか、
村《むら》ごとぜんぶ　流《なが》されてしまうぞ」
「あの土手《どて》の低《ひく》いところを、どうにかせんことには」
「しかし、この水《みず》のいきおいでは、
もう、わしらの力《ちから》では、とうていむりじゃ」
みんなは、とほうにくれて、
だまりこんでしまいました。

「そうじゃ！ がけの上《うえ》の大岩《おおいわ》を
土手《どて》に落《お》としたら どうじゃろう」

村人《むらびと》の一人《ひとり》が、いいました。

「おお、そりゃあ、ええ考《かんが》えじゃ」

みんなは、顔《かお》を上《あ》げました。

「しかし、あの大岩《おおいわ》は、どうにもこうにも　動《うご》かんぞ」

「だいいち、あんなところで　大岩《おおいわ》をおしてみろ、足《あし》をすべらせて落《お》ちたら、いっかんのおわりじゃ」

みんなは、また、だまりこんでしまいました。

「ええ考《かんが》えがある。鬼《おに》の子《こ》なら　どうじゃ。たいそうな力持《ちからも》ちだと、子《こ》どもらが　いうておったではないか。そもそも、あの大岩《おおいわ》は、あいつが動《うご》かしてきたそうじゃからな」

ひざをたたくと、大《おお》きな声《こえ》で　庄屋《しょうや》がいいました。

「なるほど、さすが庄屋《しょうや》さまじゃ」
みんなは、顔《かお》を上《あ》げました。
「じゃが、庄屋《しょうや》さま……、もし、
鬼《おに》の子《こ》が　落《お》ちたら……」
「あほう、そんなことを
いうとるばあいか！
村《むら》が流《なが》されたら、
どうするんじゃ！」
「…………」
「わしのいうとおりで　ええな！」

庄屋《しょうや》のことばに、みんな
だまってうなずきました。
「よし、では、さっそく、
鬼《おに》の子《こ》に　たのみに行《い》くぞ。
そのためにはな、……」
庄屋《しょうや》のさしずで、家《いえ》に帰《かえ》った
村人《むらびと》たちは、にぎりめしやら
まんじゅうやらを　こしらえて
くると、雨《あめ》のなかを　山《やま》へ
のぼっていきました。

おにぼうは、大岩《おおいわ》が見《み》える
がけの近《ちか》くのほらあなで、ひざを
かかえて　じっとしておりました。
「なんだろう」
雨《あめ》のなかに聞《き》こえてくる声《こえ》が、
だんだん大《おお》きくなってきます。
おにぼうが、顔《かお》を出《だ》して様子《ようす》を
うかがうと、庄屋《しょうや》たちが
のぼってくるではありませんか。
「人間《にんげん》だ！」

ところが、ふしぎなことに　今日《きょう》は、鉄砲《てっぽう》やぼうのかわりに、
みんな　手《て》に手《て》に　ふろしきづつみをさげております。

「おお、おにぼうが　おったぞ」
庄屋《しょうや》たちは、おにぼうを見《み》つけると、
ほらあなの入《い》り口《ぐち》にすわり、
そろって頭《あたま》をさげました。
「おにぼうや、今日《きょう》は、たのみごとが
あって　やってきたのじゃ」
「たのみごと？」
おにぼうは、ひざをかかえたまま、
上目《うわめ》づかいに　庄屋《しょうや》たちの顔《かお》を
見《み》ました。

「この大雨《おおあめ》で、川《かわ》が、今《いま》にも
あふれそうじゃ。
どうにかして　このがけの下《した》の土手《どて》を
高《たか》くせんことには、
村《むら》が流《なが》されてしまうんじゃ。
そこでじゃ。
なあ、おにぼう、おまえの力《ちから》で、
あの大岩《おおいわ》を　下《した》の土手《どて》へ
落《お》としてくれまいか」

「だめだ、あの岩《いわ》には……」

「なあ、おにぼう、このまえのことは、わしらも悪《わる》いと思《おも》うておる。だから、ほれ、これこのとおり、おにぼうのために、まんじゅうもにぎりめしも　持《も》ってきたぞ」

庄屋《しょうや》は、おにぼうのことばをさえぎりながら、このまえとは打《う》ってかわって　やさしい声《こえ》でいいました。

「なっ、このまえのことは、
もう水《みず》に流《なが》そうではないか」
「これからは、なかよくして
いこうではないか」
「おにぼう、おねがいじゃ」
「おねがいじゃ」
「おねがいじゃ」
みんなは、口《くち》ぐちに
たのみました。

（なかよく……。 村《むら》の人《ひと》たちと なかよくなれるのなら、母《かあ》ちゃんも よろこんでくれるだろうか。でも、あの岩《いわ》には、母《かあ》ちゃんが……）

おにぼうは、うつむいたままです。

「なあ、おにぼう。おまえは、おみよや、
村《むら》の子《こ》どもらとは、『友《とも》だち』なんじゃろう」
おにぼうの顔《かお》をのぞきこむと、庄屋《しょうや》が
いいました。

（友《とも》だち！）

そのことばに、おにぼうは、はっと顔《かお》を上《あ》げました。

「ええか、このままでは、おまえの友《とも》だちの
村《むら》の子《こ》どもたちが、みんな流《なが》されてしまう。
おねがいじゃ、おにぼう、村《むら》を、村《むら》の子《こ》どもたちを
助《たす》けてくれ。おにぼう、おまえが村《むら》を
助《たす》けてくれたなら、これからは、いつでも　村《むら》や
わしのやしきに、遊《あそ》びにきてもええぞ」
「ほ、ほんとうかい」
「ほんとうじゃとも。おまえは、おみよたちの
たいせつな友《とも》だちなんじゃからな」
庄屋《しょうや》は、大《おお》きくうなずきました。

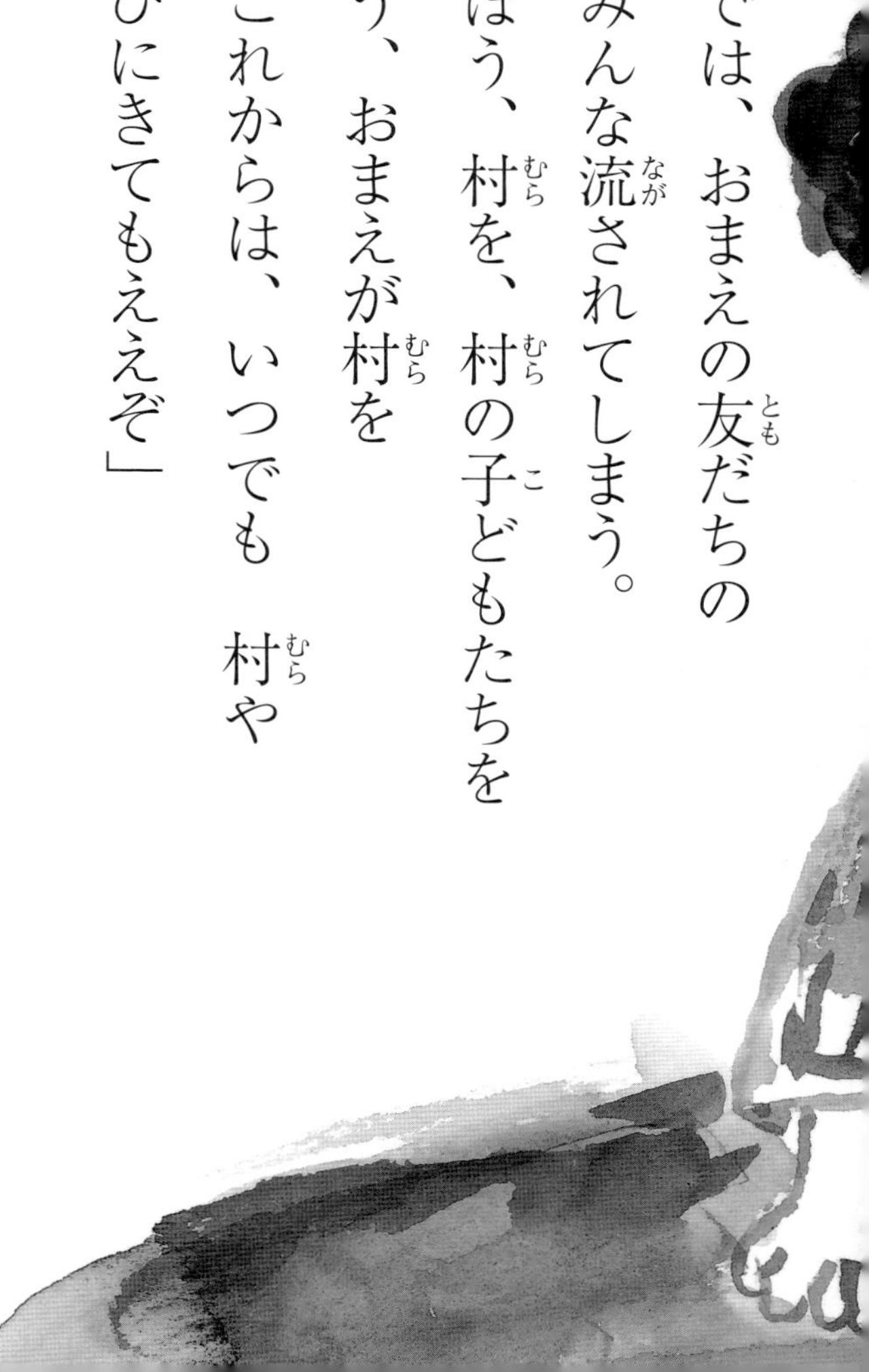

「…………、よしっ」
庄屋《しょうや》のことばに、
しばらく考《かんが》えていたおにぼうは、
ほらあなをとびだすと、
ふりしきる雨《あめ》のなかを
がけへと走《はし》りました。

母鬼《ははおに》のすがたをほった
大岩《おおいわ》の前《まえ》に立《た》つと、おにぼうは、
つぶてのような雨《あめ》に打《う》たれながら、
全身《ぜんしん》の力《ちから》をうでにこめて
大岩《おおいわ》をおしました。
雨《あめ》でぬかるんだ地面《じめん》に、
ふんばった足《あし》が、グズリと
めりこみます。
おにぼうは、いっそう力《ちから》を
こめました。

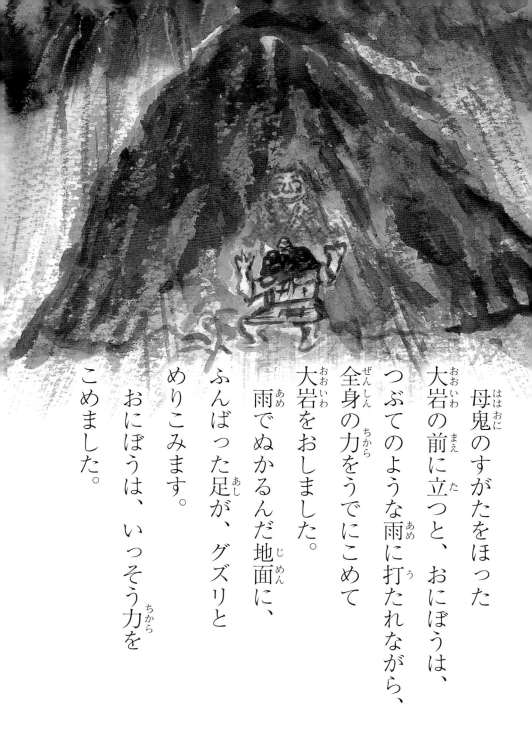

ズッ
動《うご》きました。
ズッ、ズッ
少《すこ》しずつ大岩《おおいわ》が、　動《うご》きだしました。
「おお、動《うご》いたぞ」

そのときです。
はげしい雨《あめ》のなか、　おにぼうは、　ふりかえると、
庄屋《しょうや》たちにむかって　にっこりとわらいました。
それはそれは、　なんともうれしそうに。

「たいしたもんじゃ」
「がんばれ、おにぼう」

はなれて見《み》ていた庄屋《しょうや》たちが、
しきりに声《こえ》をかけました。
(母《かあ》ちゃん、ごめんよ。
　でもね、おいら、
友《とも》だちを助《たす》けたいんだ。
それにね、母《かあ》ちゃん。
おいら、人間《にんげん》と……
村《むら》の人《ひと》たちと
なかよくなれるんだよ)

「あと少《すこ》しじゃ！　力《ちから》を入《い》れろ」
庄屋《しょうや》のことばに、おにぼうは、
ありったけの力《ちから》を　うでにこめました。
「むーん！　えいっ。う、うわあ――っ」
ガラガラガラ……
たいへんです。
大岩《おおいわ》が　落《お》ちると同時《どうじ》に、おにぼうの
足《あし》もとから、がけが　大《おお》きく
くずれました。

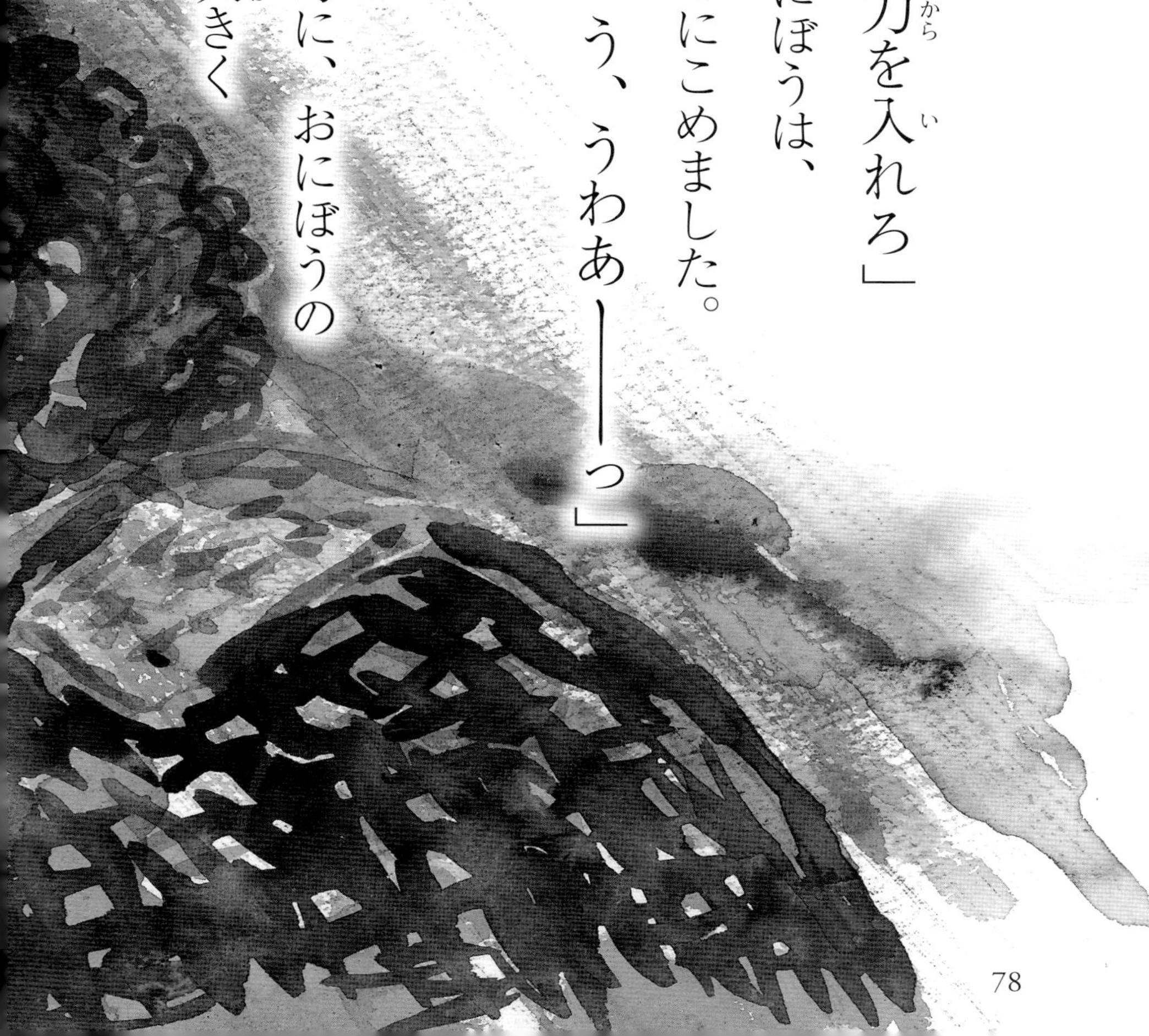

小《ちい》さな赤《あか》いゆりの花《はな》を　ちらしながら、
おにぼうと大岩《おおいわ》は、にごった川《かわ》へと
落《お》ちていきました。
「鬼《おに》の子《こ》が！」
庄屋《しょうや》たちは、おそるおそる
がけの下《した》を　のぞきこみました。
「落《お》ちたぞ、大岩《おおいわ》も鬼《おに》の子《こ》も
落《お》ちてしもうたぞ」
「しかし、この高《たか》さでは助《たす》からん」
「もし、生《い》きておっても、流《なが》されてしまう」

「…………」
「おおっ、とまった。大岩《おおいわ》が、
土《ど》手《て》をこえて　あふれる水《みず》を
とめたぞ」
「村《むら》は、助《たす》かったぞ」
「よかった、よかった」
「しかし鬼《おに》の子《こ》が、おにぼうが……」
「し、しかたない。じゃが、じゃがな、
今《いま》は、村《むら》が助《たす》かって　よかったではないか」
庄屋《しょうや》が、顔《かお》をそむけたまま　いいました。

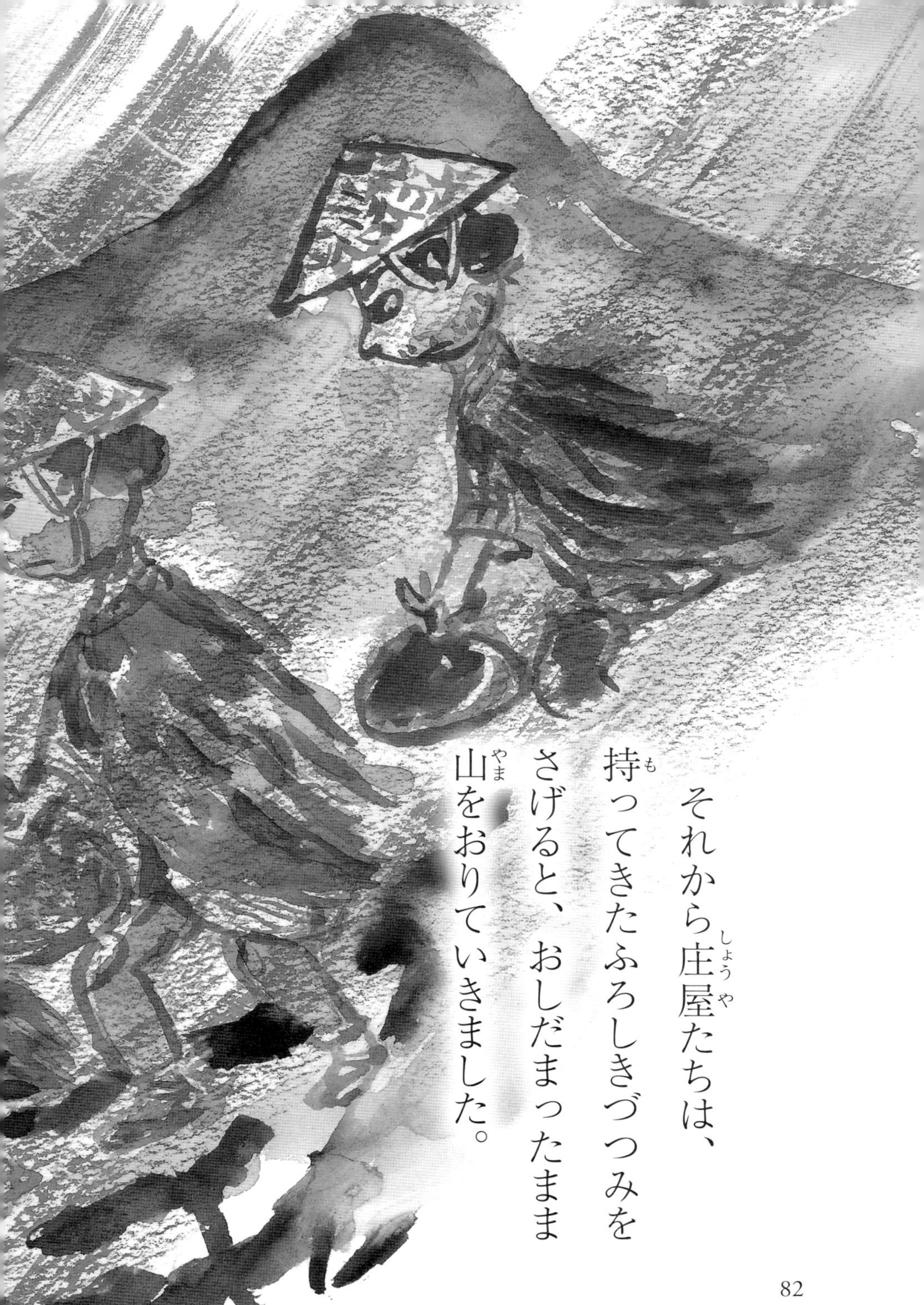

それから庄屋《しょうや》たちは、
持《も》ってきたふろしきづつみを
さげると、おしだまったまま
山《やま》をおりていきました。

「みんな、安心《あんしん》せい。鬼《おに》の子《こ》が、
あの大岩《おおいわ》を落《お》としたぞ。子《こ》どもらが
いったとおり、鬼《おに》の子《こ》は、力持《ちからも》ちじゃった。
もう、川《かわ》の水《みず》が　あふれる心配《しんぱい》はないぞ」
やしきへ帰《かえ》ってくると、庄屋《しょうや》は、
待《ま》っていた村人《むらびと》や　子《こ》どもたちに
いいました。

「さすが、おにぼうだ」
「うん！」

「おにぼうが、村《むら》を助《たす》けてくれたんだ」
「それで、おにぼうは、おにぼうは、どうした」
「あ、ああ……、鬼《おに》の子《こ》は……、がけがくずれて
大岩《おおいわ》といっしょに　落《お》ちてしもうたんじゃ」
「えっ！」
「あの高《たか》さでは、いくら鬼《おに》でも、
助《たす》からんじゃろうなぁ」
「そんな……」
「なあ、おみよ、……鬼《おに》のことは、もう、
ええではないか」

「そうじゃ。どうせ、
鬼《おに》のことじゃ」
「もう、わすれたらええ」
大人《おとな》たちは、口《くち》をそろえて
いいました。
「なにをいうんじゃ。
とうさまも、みんなも
なんてことをいうんじゃ。
鬼《おに》なら　どうなってもええのか。
鬼《おに》なら　死《し》んでもええのか。

そんなことが、平気《へいき》でいえる
とうさまたちこそ　鬼《おに》じゃないか！
鬼《おに》じゃ鬼《おに》じゃ。みんなが鬼《おに》じゃ！」
大《おお》つぶのなみだを流《なが》し
体《からだ》をふるわせながら、
おみよが　さけびました。
「おにぼう」
「おにぼう」
子《こ》どもたちは、なきながら
おにぼうの名《な》をよびました。

それから村《むら》は、毎年《まいとし》どんなに大雨《おおあめ》がふっても、大岩《おおいわ》のおかげで、
川《かわ》の水《みず》が　田《た》や畑《はたけ》にあふれることは　ありませんでした。
しかし、ふしぎなことに、だれが植《う》えたわけでもないのに、
大岩《おおいわ》のまわりに、そして村《むら》のあちらこちらに、
小《ちい》さな赤《あか》いゆりの花《はな》が　さくようになりました。
庄屋《しょうや》は、村《むら》にさく　小《ちい》さな赤《あか》いゆりの花《はな》を見《み》るたびに、
深《ふか》いためいきをつきました。
村人《むらびと》たちも、小《ちい》さな赤《あか》いゆりの花《はな》を見《み》るたびに、あの日《ひ》、
つぶてのような雨《あめ》に打《う》たれながら、村《むら》のために　一人《ひとり》で大岩《おおいわ》を
動《うご》かしたおにぼうのことを、そして、あのときふりかえった

おにぼうの　なんともうれしそうな笑顔《えがお》を　思《おも》いだすのでした。

「わしらは、けっしておにぼうのことを　わすれてはならねえ」

「そうだ、せめて、母鬼《ははおに》のそばにいさせてやろう」

やがて、村人《むらびと》たちは、
だれがいうともなしに　話《はな》しあって、
大岩《おおいわ》にある　母鬼《ははおに》のすがたの横《よこ》に
おにぼうのすがたをほり、
そっと手《て》をあわせました。

それからのことです。

「かごめ　かごめ、
かごのなかの鳥《とり》は……」
村《むら》の子《こ》どもたちが　遊《あそ》んでいると、
大岩《おおいわ》のかげから　おにぼうが出《で》てきて、
また、いっしょに遊《あそ》ぶようになったのは。
しかし、そのすがたは、もう、
すなおな　やさしい心《こころ》の者《もの》にしか
見《み》ることができませんでした。

今《いま》でも、きせつがめぐりくると、
村《むら》には、大岩《おおいわ》のまわりに、そして
あちらこちらに、ゆりの花《はな》が　さいています。
そう、おにぼうのように、小《ちい》さくて
かわいい赤《あか》いゆりの花《はな》です。
（完《かん》）

あなたは、おにぼうを見《み》たことが　ありますか。
すなおな目《め》をした　やさしい鬼《おに》の子《こ》です。

作・くすのき しげのり

1961年生まれ。徳島県在住。小学校教諭、鳴門市立図書館副館長などを経て、現在、児童文学作家。主な作品として、『おこだでませんように』『メガネをかけたら』(以上、小学館;青少年読書感想文全国コンクール課題図書)、『ふくびき』(小学館;ようちえん絵本大賞特別賞)、「いちねんせいの1年間」シリーズ(講談社)、「すこやかな心をはぐくむ絵本」シリーズ(廣済堂あかつき)、『ニコニコ・ウイルス』『「ごめんなさい」が いっぱい』(以上、PHP研究所)など。日本および海外(翻訳)において多くの作品がある。 http://www.kusunokishigenori.jp

絵・伊藤 秀男(いとう ひでお)

1950年生まれ。愛知県在住。絵かき・絵本作家。『タケノコごはん』(ポプラ社)で日本絵本賞。『うしお』(ビリケン出版)でJBBY(日本児童図書評議会)賞・IBBY(国際児童図書評議会)オナーリスト。『けんかのきもち』(ポプラ社)で日本絵本賞大賞・けんぶち絵本の里大賞「びばからす賞」・青少年読書感想文全国コンクール課題図書。『海の夏』(ほるぷ出版)で小学館絵画賞。紙芝居『なぜ、おふろにしょうぶをいれるの?』(童心社)で五山賞絵画賞。そのほか、『おうしげきだん』(岩崎書店)、『はしれ、上へ! つなみてんでんこ』(ポプラ社)など作品多数。

◎装丁=鷹觜麻衣子 ◎組版=エヴリ・シンク ◎編集協力=田口純子

おにぼう

2016年10月18日 第1版第1刷発行
2022年 3月 7日 第1版第4刷発行

作	くすのきしげのり
絵	伊藤秀男
発行者	永田貴之
発行所	株式会社PHP研究所
東京本部	〒135-8137 江東区豊洲5-6-52
児童書出版部	☎03-3520-9635(編集)
普及部	☎03-3520-9630(販売)
京都本部	〒601-8411 京都市南区西九条北ノ内町11
PHP INTERFACE	https://www.php.co.jp/
印刷所・製本所	凸版印刷株式会社

© Shigenori Kusunoki & Hideo Ito 2016 Printed in Japan ISBN978-4-569-78591-2
※本書の無断複製(コピー・スキャン・デジタル化等)は著作権法で認められた場合を除き、禁じられています。また、本書を代行業者等に依頼してスキャンやデジタル化することは、いかなる場合でも認められておりません。
※落丁・乱丁本の場合は弊社制作管理部(☎03-3520-9626)へご連絡下さい。送料弊社負担にてお取り替えいたします。
NDC913 95P 22cm